모아드림 | 21세기 | 기획시선 53

파랑초

채정은 시집

2003
모아드림

파랑초

80년 어느 일요일. 완도 하숙집에서 늘어지게 자고 있는 나를 친구 일홍이 방문을 박차고 들어오더니 깨운다. 그리고 바로 앞 군청 광장에 대형태극기와 복면, 총을 든 건장한 사내들. 텅 비어버린 군청과 경찰서. 아, 이건 전쟁이다. 신기하기도 하였으나 두려움에 산으로 냅다 달려가던 기억들. 그리고 언제 내려왔는지 시내를 떠돌다 완도수협 앞에서 우린 버스를 탔습니다. 광주로 가기 위해서⋯. 광주시민들이 죽어간다고 하였습니다. 그리고 해남 남창에 들어섰을 때 음료수를 실어주며, 내 손을 꼬옥 잡던 여고생의 수줍은 손길이 지금도 어제 일처럼 또렷합니다. 문학에 미쳐 몇 날 밤을 새우며 소설을 쓰던 감수성이 예민한 고등학교 시절, 나는 이를 계기로 새로운 세계를 알게 되었습니다.

나의 방황은 여수로 이어졌고, 숱하게 자살을 기도하던 내 삶의 여정은 서울에서 금마로, 서울로, 원주, 홍천, 인제, 화천, 춘천⋯ 그리고 다시 강릉을 거쳐 속초에 머물다 이제 서울로 온지 7년이나 됩니다.

90년대초로 돌아가 보자. 최루탄 가스를 마시며, 명동성당, 시청앞, 탑골공원, 마포 공덕동 로터리, 전남대를 거쳐 광주 망월동까지⋯ 오전엔 기자로서 펜을, 오후에는 구호를⋯

문득 지리산 지킴이가 된 이원규 시인이 생각납니다. 우린 작가회의 깃발아래 전사처럼 뛰어다녔었지. 그를 만나러 지리산에 가야겠습니다. 만약 그를 만나게 된다면, 눈물이 나도록 소주나 마셔야겠습니다.

박몽구 형, 도종환 형, 양성우 시인님, 김해화 시인, 안치환, 김광석, 그리고 고향 진도를 지키며 활동하는 진도문학회원들과 석가정 시인, 천병태 시인, 인천 김민재 시인, 친구인 은영, 귀성, 미선, 영주, 은희, 영표… 이 시집이 나오기까지 도움을 주신 모아드림의 손정순 사장님과 배학순, 윤혜준 님 그리고 바쁜데도 불구하고 해설을 써준 방민호 교수님, 표지글을 써준 김해화 시인님께도 감사드립니다.

종암동 산동네에서부터 영등포의 구석진 하숙방, 화곡동 까치산을 전전하다 공기 맑고, 숲길이 아름다운 수락산 자락에 보금자리를 튼 게 2년이 되어 가는가 봅니다. 이제 나의 고단한 방황의 여정도 여기서 끝을 내리려나.

내가 나의 방황을 장황스럽게 밝히는 것은, 바로 이러한 여정을 밝히는 증거가 여기 이 시집에 담겨있기 때문입니다.

그리고 숱헌 절망과 좌절 속에서도 나를 존재하게 한 것은 오직 「사랑」이었습니다. 세상에 있는 존재이건 없는 존재이

건 사랑할 수 있는 대상이 있음은 얼마나 행복한가! 내게 있어 그리움의 대상은 파랑초 입니다.

파랑초는 제주도 전설의 섬 「이어도」입니다. 최근 해양과학기지가 세워진다고 해서 화제가 되기도 했습니다. 여자들만 살았다는 전설의 섬 이어도는 국토 최남단 마라도 서남쪽 150㎞에 위치해 있고 정상 수심 4.6m, 주변해역 평균수심이 50m에 남북으로 1800m, 동서로 1400m에 이르는 타원형의 암초입니다.

세계적으로 알려지게 된 것은 지난 1900년 영국상선 소코트라(Socotra)호가 이어도와 접촉사고를 낸 게 계기. 이듬해 영국 해군본부에서 측량선을 파견, 위치를 확인하고 소코트라암초로 이름 붙였습니다.

제주도 어민들에게는 전설의 섬으로 불렸는데, 이곳까지 고기를 잡으러 나온 어민들은 태풍이 몰아쳐 높은 파도가 일 때 이어도를 잠시 볼 수 있었고, 어민들 상당수가 파도에 희생됐다고 전해집니다. 또 이곳은 황금어장이어서 일기예보나 어황을 소개할 때 빠짐없이 나오는 곳이기도 합니다.

어느 날 문득, 먼 허공을 바라보다 파랑초가 생각났습니다. 파도가 일렁일 때는 잠시 그 모습을 드러내지만, 파도가

잠잠할 때는 잠겨있는 섬. 내 그리움이 그곳에 숨겨져 있음을
알게 됐습니다.

그리움은 언제나 그렇게 바다 밑에 가라앉아 있어 그저 바
라만 보게 합니다. 언젠가는 그 모습을 보여주리란 기대감만
을 주면서 말입니다.

산에서 한 사람을 만났습니다. 남부군 사령부가 있었다는
지리산 자락 백운산. 질기디 질긴 내 목숨을 연명해가던 어느
날의 일이었습니다. 왠지 모를 친근감에 들으나 마나 안중에
도 없다는 듯이 하여도 참새처럼 조잘대며 대화를 시도하고,
급기야 우린 함께 했습니다. 나는 압니다.

우리의 삶이 방황이라는 굴레에서 벗어나지 못하는 나약한
인간이지만 결국, 돌아갈 곳은 단한 곳뿐이라는 것을. 그것은
바로 그리움의 고향, 파랑초가 아닐까요. 그는 내 마음의 고
향 파랑초가 되기에 충분합니다.

이 시집을 그에게 바칩니다.

2003년 8월 수락산 자락에서

채정은

차 례

1부 | 파랑초

파랑초

어둠을 밝혀내는
그리움이 설사 어둠으로 돌아간대도
내 그리운 이름
불러볼 수 있을까
어두움 걷어내는
빗줄기 있어
그 소리 가슴에 맺히고
문득 담 너머
들려오는 노래소리
바람이 되어
오고 있을 때

아직은 갯들 너머
숨소리 고요한데
뒤척이는 그대의 몸짓
건드리면 눈물이 되지 않을까
내 노래로 남아
불러볼 수 있을까

초롱꽃

아침햇살이 싸~아, 그림자가 비켜간다

이슬이려니 하아 생각하니 꿈이 되어 하루를 접고
머금은 그리움의 시절만큼 꽃이 되리니

하아, 일어나면 길은 저만치 가네
손짓하니 두 손을 들어 반기는 나무들의 성찬, 돌아보면
어느새 등뒤로 다가오는데

길은 저만치 가네

서정이 일어서는 목도의 바다 위에
작은 숲이 있어 잔잔한 미소를 머금네

그곳에 너의 싱긋한 미소가 있어
두근대는 가슴

아 아, 동쪽 맑은 시내 갈대 숲
햇빛들이 두런대는 그곳에
꽃이 핀다

수선화

빗소리 살며시 다가오는
아침이면 잠에서 깨어 배시시 웃고
길 따라 담쟁이 넝쿨
한 소매 차 오르는
그래, 바람 부는 날이면 웃으며 오시여
행여 오시려나 기다려도
빗소리만 들리어여
허탈한 빈 어깨 둘러대고 어딜 가시나
파르르 떨고 있는 그대 모습 보려
저리 꽃잎은 붉게 물드는 것을

보시옵소서
잠들어 있는 것은 그대일 뿐
그리움에 지치어 지척거리는 몸짓
꽃으로 오시길

그리운 곳에 사람이 있다

밤이 깊은 곳엔 사람이 있어
별은 그렇게 빛나고 있었나
먼 남쪽 하늘 십자성, 가슴에 꽂혔네
차라리 그것은 슬픈 이름으로 남아
하얀 눈물이 되었네
누구에게 말할 수 있을까 하, 생각하여도
그리운 사람 알 수 없어
가만히 앉아 있는 사이로 별똥별 하나 툭,
누구였을까
아무리 기억하려 해도
생각나지 않는 걸

바람이 별을 스쳐 간다
스쳐 지나가는 사이로 별은 미소로 다가오고
언제나 그곳에 갈 수 있을까

사람이 있는 그곳에

아름다운 안나를 위해 흐르는 눈물

우리, 가슴 아픈 사람이
비록 멀리 있을지라도
눈물로 사랑을 전하다 사람아
어디 있는지 찾으려 해도
알 수 없고
눈물로 눈물로 건너가는 시대여

사랑은 영원히 가슴 깊은 곳에
빛나는 샘처럼
목마르지 않게 하나니
아하, 어디선가 들리는 성자의 목소리
그것은 다정한 음성 같기도 하고
우리의 리듬을 실어 나르는 빛줄기처럼
그대를 그리워하네

왠지 오늘은 한 잔의 술을 마시며
별을 바라보면서
라인강을 따라 흐르는
지젤의 슬픈 사랑 이야기
생각이 나네

그러나 외로운 고도에서
넓디넓은 광야에서
발바닥에 피가 맺히도록 찾아보건만
보이지 않는다

그댈 위해
어떤 노래를 불러야 합니까
기다림에 지쳐서
돌이 되었던 전설을 말하고 있습니다

이 밤이 지새도록
심장은 삭아
조금씩 조금씩 닳아 없어지고 있습니다

그대의 빛나는 갑옷으로 무장한 투사이고 싶습니다
먼 이국 땅으로 떠나 보이지 않을지라도
음성만으로 알 수 있습니다
우주의 수많은 별들처럼
꿈을 버리지 않아야 합니다

사랑은 언제나 그대 위해
준비되어 있는 것
오래 전 어둠을 밝혀 만났던 것처럼
마음은 영원한 것이어야 합니다
나의 눈물을 모아
그대 모습 빚었으면 하련만
우린 너무 멀리 있습니다

이별의 노래

예감 없이 오고 있었다
꿈꾸듯 너는 오면서 하이얀
미소를 던져 오고 있다

그러나
어디로 떠나는 것인가 사람아
흙빛에 채여 있는 세상을 본다
숱한 사람들의 인적 가운데
묻혀 버릴 너의 그림자를
잃어버리고 있다
이제 사랑도 그 힘을 잃어
쏟아지는 비처럼 흩어지고 만다
친구여 안녕
네게 음악을 전한다
이별하는 것만큼 슬픈 일도 없으리
가슴이 탄다. 친구여

비는 언제나 오지 않는다
때가 되면 천지를 진동하듯
그렇게 내리는 것인데

올해는 무척이나 내렸다
너를 만나던 처음도 비가 내렸지
우리는 하나의 우산을 들고
비를 맞지 않기 위해
좀더 가까이 가야만 했다
마치 오랜 친구처럼
그렇게 만났던 것이다
시간이 흐른 새벽,
그대 흔적은 빗속에 젖어 가고
아직 동트지 않는 아침의 창문 너머
무수한 사람의 군상이 서성이고 있다

빗 속에 흐르는 그대에게

빗 속에 흐느껴 우는
사랑을 보았지

아아, 그것은 진종일 날으는
햇빛과 같이 다가와서
손톱을 물들이네
오늘은 유난히 내린다
가슴 아파라
저기 나는 하얀 절망을 보았는가
이 가슴이 그대 가슴인 것을
알았다는 것으로
우리가 지닌 슬픔만큼
더 멀어지는 나라
그대의 눈물로
내리는 빗물을 본다

한 떨기 장미와 같이
아하, 동틀 무렵 안개꽃처럼
전설을 엮는 사람

이제는 기쁨으로 내리고 있는지
빗속에 흐르는 그대를 본다

가을이라는 이름의 사색

오늘 가을의 문턱에 서서
가냘픈 숨소리를 듣고 싶다
심장의 숨결이 온 가슴을
바짝 조여 오고 있을 때
슬프고 우울한 밤이 오면
잠시 잊었던 사람을 기억해 내고
그를 향한 그리움 때문에
절망과 좌절이 계속되고 있다, 사람아

길을 걸으면 행여 그대 모습
볼 수 있으려나
기다림이라는 고통의 강을 지나
자유의 숲 속에
서성이고 있다

자유를 위한 그대의 자유를 위해
이 아침
그대 눈빛이 심장에 박혀
피를 흘리고 있다

노란 리본을 달고 봄빛처럼 다가와서

어디선가 오고 있다
가정도 없이
노란 리본을 달고 봄빛처럼
무엇이 되어야 할까
무엇을 보아야 할 것인가

다정한 눈빛 알 수 없고
지긋이 아침으로 오고 있을
아아 깨끗하여라

깊은 밤이 지나
경건한 새벽과 같이
때때로 상심에 젖어
총총한 눈빛
어디에 두고 온 것일까
가녀린 안개꽃이여
이제는 다가오고 있다
한 마리 새처럼
지금은 노래해야 할 때

틈틈이 감싸며 번지는
들녘의 바람들
지상에서 가장 슬픈
꽃이어야 한다

지젤을 위하여

언젠가 보았던
가냘픈 이름이 기억난다

그대 고독한 모습을 보여 주고
미소만 남기고 갔지

오랜 기억 속에
영영 지워지지 않아
얼마 전 빨간 장미 한 송이 들고 찾아갔었네

오랜 무대를 경험하고
그때마다
차라리 심장을 두렵게 하는
충격이 된다.

그대
지젤이라는 운명으로 서야 하는
운명을 말하고 싶다
발레리나여

의상은 눈부시게 희어
차라리 슬픔이 된다

때로 그랑파뜨떼
때로는 아라베스끄

홀로 차단된 공간 사이 음성을 들으며
심장의 박동은 뛰고 뛰었네

사람아
부르며 가세
시대의 이편에서 저편으로
산을 지나 바다 건너
서러워 울고 있는
그대
말하게 하라

사람이 지나가는 자리
라인의 전설이 흐른다 여자여

지젤이라는
아름다운 이름의 여자
오늘 그대 향해 노래 부른다
혀는 뒤틀려 피를 토하고
가슴은 탄다

당신의 것이지요
죽어 혼령이 되어도 잊을 수 없는
당신의 나이지요

발레리나

바닷가 파란 잔디 위에
소녀가 살고 있어요

꿈꾸고 있어요
그래서 살아온 만큼 높게 차 올라
빗물이 스민 은색 잔디를 밟으며
지치다 쓰러지면 다시 일어나
새를 그려요
아, 사랑은 그대로부터
이끌려 다시 돌아오는 것을

새가 날아요
백조가 된 그대가
하늘 멀리 날아가요

진실

당신에게 묻습니다
진실이라는 것은 때에 따라
판단하기 힘이 든다는 것을
일상에서 느낌만으로 판단할 수 있습니까

당신의 마음을 사로잡기 위해
장미꽃을 보내며
온갖 말들로 치장하는 것보다
그대의 단점을 솔직히 말하는 것입니다

말로 치장하는 사랑은 언제나 경계해야 할 것
나를 이야기하는 것보다 너를 이야기하며
과오에 대하여 변명하지 않고 시인하는
사랑은 진실입니다
그리고 당신을 배려해야겠다는
침묵으로 말하는 것입니다

확정되지 않는 예정은
말하지 마십시오

당신은 이렇다든가
반드시 저렇게 해야만 한다는 말은
그대를 가둬 놓기에
흐르는 물처럼 그대로 두십시오

당신의 과오에 대해
용서할 줄 아는 사람이 되십시오

행복할 땐 누구나 웃을 줄 알고
즐거운 이야기로 당신을 위로하지만
정작 어려움이 오면 멀어지는
그런 사람은 되지 마십시오

생명이 있는 것에 눈물을 흘리는
당신은 참으로 아름답습니다

사람을 사랑이라는 이름으로 노래할 수 있는
그대이기에

오월이 오면

이처럼 향기롭고 아름다운 바다 있을까
온화한 사월의 끝이다
겨우내 옷을 벗고 아픔에 짓눌린
산들이 옷을 입고 있다
동백, 철쭉, 이름 모를 꽃
그리고 바다로부터 실려 오고 있는
사람의 숨결을 느끼고 있다

논엔 벌써 모내기가 시작되고
오늘은 왠지 서울로 가는 기차길마저
새롭게 보인다
길가를 수놓고 있는 빨간 철쭉꽃이다

등성이 하나 넘으면 반상을 열고
풍요로운 시골 마을이 나타난다
사람의 흔적이 숱하게 배인 길이 열리고 있느니
언제였던가, 역사의 한 뒤안길에서
안타까운 가슴을 간직한 채
흥분으로 지새던 그 날이 오고 있다

이제,
오월이 오면
풍성한 봄의 빛깔처럼
사람들을 사랑해야지
오월,
오월이 다시 오면
우리가 살고 있는 이 땅 위에
민주의 깃발을 꽂고
죽어 간 투사를 위해
작은 일과 사람들의 일상을 공유하려네

아직은 스산한 사월
바람이 가슴을 스쳐 지나간다
저기, 저 바람 바람의 나라여
오랜 유년의 생명이 살아나고 있다
생명은 계절의 끝자락에
바람을 부르고
바람의 나라에서
종적을 감춘 우리들의 유년

오월이 오면
한 소녀의
비문을 기억하자
"차라리 죽어 다시 깨어나리. 진정한 역사가 원하는 인간
이 되기 위하여 힘을 길러 나오리라"
그날의 흥분
그날의 걱정을

오월이 또다시 오면
오랫동안 잊혀졌던 사람을 위해
일어설 수 있다면

그러나 떠나는 것인가
바다의 한쪽 너머
어디론가 사람이 떠나고 있다

농가를 부르는 여인

강이런가
바람이런가
한밤 달빛 아래 홀로이 흐르는 전설

그리움이었네
청아한 목소리 이내 가슴에 다가와
생명이 되었던 것을
어느새 저렇게 커 가고 있었던 것을
그렇게 되기까진 알지 못해
숨죽여 지켜 보고 있었던 거지

목소리 들으면
유년의 논밭을 걷고 있었고
연 날리던 눈밭은 이내 다가오는데
먼데서 단아한 치마 쪽빛 머리
바라보아도 더 멀리 들리는 목소리
노래를 부르며
노래 부르며
어디 가시는가

굴레

당신에게 많은 전화를 했지만
거기에 당신은 없었습니다
당신에게 보란 듯이 결혼 이야기를 했지만
이별이 온 것을

만남은 두려움입니다
어디엔가 당신이 있는 한
계속될 것이고
아무 것도 할 수 없을 듯합니다
이제 벗어났으면 하지만
그 곳에 당신이 있습니다

자유

내가 가장 사랑하는
여인이여
소중한 사람이여
절망을 치유해 줄 절실한 사랑이여

기필코 나의 곁에 계실 사람이여

칠흑 같은 어둠의 건물 속에
가두어 두 손 마디마디
빗장을 채우시오

갈기갈기 찢기워진 심장의 중심
단정한 비수를 꽂으려므나

아아, 죽어서도
사랑해야 할 사람이여
자유 없는 자유에 대해
자유를 가져다 줄
당신을 사모합니다

우리의 밤
국경의 밤
한반도의 밤
들녘 어디
아픈 사람들을 위하여
맨발로 가는 너는
나의 테러리스트
위대한 테러리즘에 대하여
말해야 하지 않겠는가

무엇을 해야 할까요

먼 발치 깃발을 날리며 오는
아아 죽어서도 좋았던 이름이여
당신의 숭고한 미소
사랑합니다

안치환

어린이의 싱그러운 미소와
순수한 가슴을 가지고
노래할 때
말힐 수 없는 고독이 깃들어
때로는 한여름
남도의 사나운 폭풍처럼
다가오고 있다

자유를 위한
자유에 대하여
생각하게 하고
우리는 아무 것도
알 수 없었다

꿈꾸어 오는 자유에 대하여,
자유는 투쟁의 대상인가
진정한 해방인가

"만인을 위해 일할 때 나는 자유"
"나의 노래는 노래가 아니었소"

“자유, 우리를 자유 속에 빠뜨리게 하네”

깃발을 든 자유는 자유가 아니오

자유, 자유, 자유가
자유가 아니었소

우리는 무엇을 하여야 합니까

당신은 알고 있나요
우린 너무 멀리 있고
심장의 뜨거운 피만 타오릅니다

스산한 바람이 스치는
가을의 문턱에서
사람을 노래하는
나를 보았습니다

가을 아침에

아침 일기가 이렇게 고울 때
이름까지 잊은
그대가 생각난다
플라타너스 한 잎이
아침의 단상 위에 야위어 가면
마음에 떨어지는 눈물
그대처럼
다가설 수 없음을
말해야 하지 않겠는가
잠시 접어 둔 만남이 오기도 전에
이별을 준비하는 건
사랑하기 때문인가
가을 아침에

편지

1

세월이 흘러
잊혀질 만 할 때
소중함을 알게 됩니다
사랑은 소유하지 않는
풀어놓는 것
그리움은 산을 넘어요
기다림은 아픈 가슴을 비운 채
그렇게 있는 것인데
아무 것도 할 수 없는 지금
어떻게 해야 할까요

2

처음 당신을 만나는 날
당신은 두 장의 공연표를 들고
후배에게 같이 가자고 했지요
그리하여 우리 만남은
시작되었고
지금에 이르고 있습니다

3

어느새 새벽입니다
비가 내립니다
마음에도 비가 내립니다
당신을 사랑해야 할
지금
무슨 말을 해야 할까요
아무 말도 생각나지 않는군요
사랑하는 사람은
만나지 못하는 것입니까

비 그치고 아침이 오면
나
섬으로 돌아갑니다

우리는 깃발을 들고

깃발을 들고 자유를 외치려네
우리는 사람을 안고 서서
모든 것을 공유하려네

그대 광야로 가면
너는 어디 있는냐
우리는 생명나무에 앉아
평화의 민족을 꿈꾸며
그의 고난을 이야기하려네

오늘, 시련의 깃발을 들고
외치려네
민주주의여 만세

목각 인형

초라한 신체가 늦은 밤 깃털에 걸리어
태백의 습기를 마셔대고 있을 때
그 날로 안개주의보의 대지
하나 둘 셋 잔뼈로 농토를 일구고
목각에 가까운 사람들의
툭 트인 이마를 바라보았다

순수한 유년의 하늘로 날아오르는
밀랍의 날개여
태양이 뜨겁구나 창을 가리어라
충실한 신이여
햇빛을 가리시오, 아아
그러나 뜨지 못할 안개주의보의 나라

줄곧 힘을 내어 다가오는 닮은꼴의 부조상
그리고 한 부분의 사실에 대하여
맨발로 걸어야 할
산맥의 튼튼한 끈을 구해 다오
우리의 귀와 눈
다반사로 열려 있던 그 날

충실한 신체는 우주와 우주로 질주하며
피로해진 노동을 준비한다
어디 있는가 형상이여 도구여

뜨거울수록 차 오르며 비등하는
가슴 속으로 인해
이젠 진실마저 잃었다네

살아야 하네
상징에 대하여
끝없이 잠재의 세계로 날아간
정교한 인형이여
아아, 집요하게 일어서는 의식의
편린은 묻고
완전한 변형을 위해 살아 있어야 하네

침묵의 대지는 말하지 않는다
한때 나의 부차적 행동을 위해
다가오고 있음을

네가 불러야 할 집시풍의
노래를 듣게 되면
머잖아 신경이 살아
가벼운 느낌으로 차 오를 수 있으련만
가만히 창세기의 흥분을 본다
진흙으로 빚어냄으로 입김을 불고
신경이 살아 오르는 인형의 창조를
매스는 거기서 시작되네

그러나 이것은 공상인가 유희인가
아아, 관습적 한계여
툴툴, 형식의 가벼운 인식은 접어 두세
우리가 지금 걷고 있는 시간으로
솔로몬은 말을 달리고
신화의 여신들이 좁은 간격으로 행진한다네

그대 가벼운 신체는
밤의 깃털에 실리어
신의 거리로 여행하였다
이제 잃어버린 인간의

가장 진실한 형상 빚어내어
잘 조각된 인형 하나 남겨 놓음은
칼날의 수 없는 메스
동맥의 튼튼한 두께만큼
더 이완되는 수축성 신경 세포
끝내 잃어버린 우리를 향해
때늦은 시대 위에
퇴색된 인형 하나
남겨 놓음은
얼마나 다행한 일이냐

실존

물이 흐른다
개울 옆에 앉아 있다가
또는 개울 굴곡을 따라서
어떤 의미를 부여하고
물에 반사되는
실상의 나를
발견하고 있다

이렇게 한 순간이
지나가고 있음을

2부 | 그 섬에 눕다

그 섬에 눕다

1

만남이 이별인 것을
알 때까지 살지 못했다

죽음이 곧 삶이라는 것을
알 때까지 사랑하지 못했다

먼 길을 줄기차게 달려와도
다시 시작되는 먼 길

산들은 폐허가 되고
길이 되고
집이 들어서며 세월이 흐르더니
안나의 고향은
유년의 추억을 앗아가고 있다

그리운 사람들이 사는 나라
내 나라는 그리움만을
잉태하고 있다

지금은 갈 수 없는 나라를 돌아
그리운 나라에 가면
떠난 사람은 오지 않고
누군가 지쳐 쓰러져도

사람이 있는 내 그리운 나라,
그리움에 지쳐
그 섬에 눕다

2

잿빛 바다가 일어서는 산등성이
하나 넘으면
겹겹 밀려오는 기억의 그림자들

우수영 그리고 오일시
석현리를 지나면 돌깨재
안나가 잠든 월가리 저수지 산언덕
파릇한 새싹이 돋아 예이며
등을 밀어 떠나라 하네

아, 쉼없이 다가서는 절망의 노래를
뉘이 부르다
부르다 지쳐 가야
돌아가라 말하리

3

누구의 자리던가
이제 막 꺼져가는 촛불 아래
기척도 없이 가야 하는 길

누군가 그대에게 가기 전
그대 가고 있음은
언젠가 다시 돌아올 수 있음인가
왕무덤재 넘어서면 돌아올 수 없으련만
기다림은 예정도 없이
이별을 고하네

피아노가 있는 풍경

1986년, 지금으로부터 11년 전 파블로 네루다의 시집 『마추삐추의 산정』을 서점에서 우연히 구입해 읽고 자유와 보헤미안적인 그의 삶 그리고 민중에 대한 애착을 시와 행동으로 보여준 것에 대해 큰 감명을 받았다. 나와 유사한 유년의 추억이 있었기에 공감대를 얻은 것은 말할 나위 없고, 특히 그에게는 1904년 칠레의 조그마한 마을 빠랄에서 태어나 가난을 체험하면서 사회 문제와 자신이 전혀 무관할 수 없다는 자각과 두 살 때 이사한 최남단 떼무꼬에서의 유년 시절은 그를 시인으로 성장하게 한 아름다운 자연이 있었다. 자연에서의 감성과 함께 우리나라와 비슷한 환경에 처한 칠레, 특히 남미의 사회적인 모습은 빈부의 격차가 심한 상황이었다. 마르크스를 추종하던 시인 친구들의 잇단 구속과 총살… 그는 부정과 사회적 정의를 위해 민중들의 아픔을 시로써 항거한 진정한 시인이었다.

그는 중남미와 모국 칠레 민족을 테마로 한 『마추삐추의 산정』 서사시를 1938년 시작하여 무려 12년이나 걸려 완성, 라틴아메리카의 운명과 꿈을 시로써 생생하게 구현시킨 업적으로 1971년 노벨문학상을 받았다.

"올라와 함께 태어나자, 형제여/내게 손을 다오 그 깊은/너의 고통이 뿌려진 그곳으로부터…"『마추삐추의 산정』 12

연은 이렇게 시작되고 있다. 나는 이 시를 읽고 10년 예정으로 서사시를 쓰기로 했다.

"내가 광야로 가면 시름 지친 가슴은/어디냐, 가슴 가슴을 어이 두고 꿈꾸듯/그리 가시는지, 에헤라 좋을씨고 얼키설키 드넓은/나라엔 꽃댕기 이어 가시네"

고교 시절, 리처드 클레이더만의 피아노 연주곡을 듣고서 흥분의 몇 날을 보내고 교회의 커다란 피아노를 찬송가를 교본 삼아 혼자서 두들겨 본 기억이 있다. "내가 다시 태어나면 소나타를 작곡해 연주하는 멋진 피아니스트가 되리라" 생각했다. 영국의 한 시인은 '음악은 천사의 소리'라고 했던가.

10년 후 봄의 천사들이 여기저기 날아오르는 어느 날 오후, 아파트 창문 너머 이제 막 삐져나오는 새싹같이 청순한 소녀가 검은색 그랜드 피아노에 앉아 아빠를 위해「가을 속삭임」과「아드린느를 위한 발라드」를 들려주고는 "아빠 내 속삭임이 어땠어." 하기에 "벌써 가을인가?" 하고 딴전을 피우고 있다. 뾰로통해진 소녀는 "내가 크면 아빠를 위해 연주회를 가질 거야." 하면서 은근히 피아니스트가 되겠다며 나에게 압력을 행사하며 바라다본다. 아내는 질투 어린 눈으로 빨래를 하다 말고 "아주 둘이 짝짜꿍이 잘 맞는구만."

　베란다에 잠시 졸고 있는 철쭉이 기지개를 켜고 스치는 바
람에 흔들리는 풀잎에도 눈물이 나는 아름다운 내 그리운 나
라. 터질 것 같은 흥분을 진정시키고 잠시 옹기종기 모여 앉
아 사랑을 예감하는 피아노가 있는 풍경을 잠시 들여다본다.

살아 남은 자의 바다

그대를 보면
슬픔이 온다
멀리서 아주 멀리서 마음을 전하려 하면
가슴에 눈물이 맺혀
이내 흘러내리고 만다

오랜 옛날 별을 바라보다 그리움에 지쳐
돌이 되고 만
사람의 얘기가
감싸 오는 것은
어쩔 수 없단 말인가

세상의 단 하나뿐인 그대가
사월의 나날 속에 갓 태어나고 있다
아, 이것은 살아 남은 자의 혁명
살아 남은 자의 환희이려나

오늘은 소녀로 태어나
사월의 아침 동산에 올라
파란 바다를 바라보았지

개나리 진달래 피고
파란 잔디 위에 심어진
은빛 눈물 방울을
가슴에 가득 담은 채로 앉아
황혼이 물들어 가는 바다 건너
잿빛 섬들을 바라보았지

하늘 끝에 걸리어 있던
우리들의 유년은 어디에
묻혀 있는 것일까

줄기차게 찾으려 해도
찾을 수 없고
흐린 잠식의 기억 속에
네가 잠들고 있다
깨어 일어나면
끝없이 밀려오는 바다, 바다
그리고 절망의 몸부림

아, 자유여

가슴은
섬으로 빚어지고
차라리 슬픈
노래로 남아 있다

그의 이름을 기억하기 위해
오늘은 편지를 쓴다

흐린 날 오후에
기억할 수 있음은
다행한 일이다

사월의 밤이 깊어 가는
저녁 창가에 앉아
그대에게 써 넣어야 할
이야기를 생각하였다
그리고 다시 일어서
그대 눈가에 맺힌
기억들을 찾아보기로 했다

아아, 사월은
기척도 없이 다가와
그대가 살아나고
살아나는 기쁨으로 인해
존재하는 이유인 것을

아, 바다는 잠시 덮어 둔
광야의 꿈을
다시 일으켜 세워
걷게 하는 생명의 날이니

비

오늘 같이 비가 오는 날
도시의 가로 속 그가 걸어도 사람은 보이지 않는다
늘상 그렇듯이
그곳은 언제나 붐비고, 그들은 각자의 목표를 향해 가도
오늘은 여느 때 같지 않다

바닷가 한쪽
보일 듯 말 듯
파도 위를 나는 새떼들.
잠시 들여다보면 나름대로 그들만의
바쁜 일상이 숨쉬고 있듯
말하지 않아도
그가 있음을 느낄 수 있다.

바라보면,
길은 저만치 있고
사람들은 손에 닿을 만큼 가까이 있어도
그를 만나는 건 쉽지 않다

수품리

사랑하는 사람은 바다로 갑니다
사랑하는 사람은 바다로 옵니다

바다 사이 들뜬 가슴으로
밝게 다가와
웃음으로 비끼어 갑니다

사랑하는 사람은 바다로 갑니다
가는 곳 어딘지 알 수 없고
안개로 덮인 미지의 나라
가고 있는지

오 순결하여라
저 멀리 트여 있는 곳
참으로 깨끗하여라

작은 바람이
가느다란 심장으로 스치며
하늘로 비상합니다

사랑하는 사람은 바다를 떠나지 않습니다
멀리 꿈꾸는 민족을 위해
가야 하는 시련의 바다
무엇으로 우리의 사랑
만들 수 있는지
사랑하는 사람은
바다를 떠나지 않습니다

아아, 설레임의 시련이기에
떠나지 아니합니다

어둠이 깔린 수면 위로
반추되어 다가오는 눈빛
언제나 찾을 수 없어도
그는 그 곳에 있습니다

추자도

제주에서 북쪽으로
두 시간을 가면
바다 위에 떠 있는 섬이 온다

하선하는 사람과
또 다른 목적지를 향해
떠나는 사람들의 작별이 있는 곳
만남을 위하여
누구나 이러한 기원을
바램으로 간직하고
수평선 너머 사라져 간다

먼 이곳에서 친구를 만났다
친구 긍제는 대학 캠퍼스의 낭만을 늘어놓고
은희, 영주, 미선이 등등
동기생 여자들의 얘기부터 꺼낸다
그는
대학 시절 내 노트에서
나도 잊었던 파피루스의 시를
보았다고 회상했다

그는 아름다운 세상을 떠나간
은희의 슬픈 이야기를
중간에서 막았다
우리의 만남은 이렇게 동지나해가 멀리 바라다보이는
작은 섬에서 시작되었다

후배의 케케묵은 방에서
달콤한 소주를 마시며
사랑 이야기를 나눴다
간절한 사랑이 있기에 이곳을 떠날 수 없다며
노총각은 눈빛을 반짝였다

산은 안개로 자욱하고
밤바다와 불빛에 어우러진 작은 도시는
바다를 꿈꾸며 잠이 든다

긍제는 술잔을 비우며
사랑은 용기를 가져다 줬다며
어깨를 친다
아주 가까운 곳에 사람이 있음을 느낀다

내일 태풍이 온다고 한다
배가 있을는지 걱정이 앞선다
그러나, 이곳 사람들은
이러한 근심으로 보내지 않는다

바람은 바닷가의 창문에
다가와 살며시 깨우고 있다
깨어 일어나면
어디선가 먼 바다를 향해
떠나는 뱃고동 소리

살아나고 있다

봉화산

봉우리만 높아
인적은 간 데 없느니
기어이 가야만 하리

영화 영순이 외치던 죽심이
황해도 해주에서 피난 왔다 눌러 앉은 그도
돌깨재 너머 봉화산 기슭에
초막을 짓고
부대껴 살다
불춤을 추다 간 것을

아리랑 고개는
하염없이 그댈 부르고
어허라 남은 것은 산 자의 그리움

그리움은
차디찬 가슴에
죽음을 잉태하고
눈빛은
불빛 속에서만 타오르니

어허이
줄기차게 달려가도
저만치 가는 그대

삭풍이 세차게 불던 날
불춤을 추다 사라져 간
피빛 울음을

남도로 가는 예수

1 장
계절의 끝자락에 작은 신화가 실리어
남으로 갑니다
아침 이른 안개처럼 숱하게 젖어 가나니
맨발로 황사빛 들판을 가고 있는 고난,
고난이었지 사람아

2 장
들판을 지나
어디로 갑니까
하루 내내 찾으려 해도
끝내 좌절하는 자유를
사람아
비껴 가시게
그러나 희망의 남도여
일어나세나
손과 손을 마주 잡고
그 날의 얼굴
그 날의 환희를 기억하세
너는 다정해서 좋아라

하얀 미소
아아, 절명해도 좋겠네

3 장
그대 향기로운 입맞춤으로
솔로몬의 지혜를 주십시오
남쪽 하늘 밝은 별을 바라보는
꿈을 주십시오

4 장
순수로 멱감아 태어난 아들은
화살을 쏩니다
과녁을 향해 날아가는 파랑새

새의 노래를 부릅니다
일어나십시오
두텁게 열리는 여신의 순결한
미소를 보십시오

진실만으로 살 수 있습니까

그대
준비한 몇 개의 신화에 대하여
염려합니다

　　　5장
우리는 말할 수 있습니다
행여 누군가 날아가는
화살을 멈출 수 있다면
순백색 사랑의 안식을 드리지요

　　　6장
사랑하는 것은
고난을 필요로 합니다
어디 가든지 험한 모래밭에
보리를 심는 것이니
세월이 흐르면 깃발을 들고
산으로 갑니다

오늘은 자유의 기쁨
자유의 나라로
황포 돛대로
흰 빛 한 올 한 올 한복을 입고
머리엔 댕기를 틀어
맨발로 가십니다

시인 석가정

바다가 있는 땅 위에
그가 산다
오늘은 모내기
내일은 수박 참외 모종을
올해는 수박값이 좋아야 할 텐데
그러다 막걸리 한 잔에
곤히 잠이 든다

주름진 얼굴에 장화를 신고
워워 논을 갈며
이랑 이랑에 모종을 심는다

언젠가 성죽굴 땅 위에
육신을 던지고
나는 천상 농사꾼이여
그 땅 때문에
시인이 산다

째즈카페

사람이 있네
하나 둘 있네
삼삼오오 모여 앉아
또 홀로이 커피를 마시고 있네

사슴처럼 기다란 목
말총머리
가느다란 다리
눈처럼 하이얀 치아
고향 금호도에 사는
금강초롱에 맺힌 아침 이슬처럼
깨끗한 눈을 가진
소녀가 있네
가벼이 인사하니
미소로 답하네

오늘은 덩그런 빈 자리
사람의 풍경이 있는 그곳에
소녀는 없네

3부 │ 한계령

한계령

갯바람 설레이는 겨울 아침
바람이 불어와
눈꽃이 핀다
오르면 차 오르다 추락하는 날개
어디선가 구름이 온다
첩첩산중 돌고 돌아
가도 가도 끝이 없는 길

올라야 할 목적지는 예정하지 않아도
올라와 돌아보면 오른 만큼
멀어지는 그대
못다한 꿈 묻어 두고
어디 갔을까
안개였을까
눈이었을까
굽이굽이 바로 돌아
달리어 가도
그만큼 먼데서 손짓하니
바람이었을까

오색을 지나
인제로 돌아서면
사람이 산다는데
그들은 무슨 꿈을 꾸고 있는지
한 번 넘으면 다시 못 올 것을
그리고 싶었을까
넘은 길 뒤돌아 보니
눈꽃이 핀다

오세암

당귀차 향기 흐르는
가야동 계곡을 지나
백호동에 오르니
수렴동 골짜기 멀리
옥녀봉과 삼태봉이
용아장성을 이루고
병풍바위 나한봉 공룡능선이
다가오고 있다
옛날 초음을 지은
자장은 간데 없고
비문만 남아 계곡을 따라
저리 흐르는 것을

늦가을 10월
설정이 영동으로 떠나며 말하길
너는 관세음보살만 부르면서
오늘 밤 혼자 있으면
내일이 오겠다
그러나 그날 밤 눈이
숱하게 내려

스님은 오지 못했다

그 해 겨울 지나고
봄이 되어서야 돌아와 보니
아이는 승방에서
관세음보살을 외우고 있었다

인자하신 어머니 백의부인
밥과 젖을 주었고
설정에겐 보리기를 준 다음
파랑새 되어
날아갔다

비의 서정

이 날이 언제까지 계속될 것인가
동해가 바라보이는 바람의 나라에서
불꽃은 타오르고
가슴은 풍차처럼 돌아가고 있다
사람아
심장의 매듭
매듭을 감싸안고
한바탕 울어도 좋을 사람아

무엇을 하여야 합니까
숨죽인 듯 고요한 숲의 나라에 혼자 있음을
당신은 알고 있나요

이 날이 언제까지 계속될 것인가
흥분으로 지새던 밤의 사람들도
그 의식을 깨고 삶의 제자리로
돌아가고 있습니다

생존을 위하여
참교육을 위하여

시인의 투쟁을 위하여
이러한 말들만
기억 속에 남아 있습니다

격정이 흐르는 고요 속에서
더욱 더 그리워지는 건
당신에게 말할 수 있는
모든 것입니다

손과 손을 맞잡고
정열로 타오르는
심장만이 있는 지금,
무엇이 그리워 내리고 있는지요

비는 언제나
이별을 말하는 것은 아닙니다
또다른 만남을 위하여
예비되고 있는 것을 압니다

비와 얇은 바람의 추위에

떠는 것은 아니지요
생존을 위한 몸부림은 아니지요

창문을 젖히면 비가 내립니다
포용할 수 있는 모든 지혜가
저 빗속에 있음을 느낍니다
심장은 흥분으로 지샙니다

그러나 떠나는 사람은
다시 오지 않고
긴 벼랑에
한 가지 기다림만으로 서 있습니다

남대천

구룡령 오색리 어디메쯤 흘러나와
그래서 굽이굽이 강이 된 그곳에
연어가 산다

그대 발을 담그고 낚시를 드리울 때
바다 가까운 곳에 그대가 산다
봄이 오면 먼 바다로 떠났다
가을에 되돌아오는 것을
그대가 그 곳에 산다

기다림은 그저 강에다 두고
아픈 가슴만으로 살자고 한다

언제나 돌아가려나
셈하여도 갈 수 없는
그래서 강이 된 그곳에
그대가 산다

청룡암 가는 길

겨울
바람이 불어요
강보에 그대를 묻고
그 길을 걸어요
아침이면 골말 뒷산 딱따구리
일어나라 딱딱딱 쪼아대구요
앞산 하얀 설악이
마당에 와 닿는
백년된 기와집이었죠
키만큼 높이 올라온
눈을 보면서
어떻게 저리 많이 올 수 있느냐 묻다가
눈을 치워요

십분이면 오는
버스를 기다리는 시간으로
눈발이 날려요

하루 빨리 눈이 녹아야
이사를 할 텐데

걱정하여도
그래
봄이 오면
마당밭에 채소를 심어야지

내린천

설악은 발 아래
백담을 돌고 돌아
끝에서 끝으로 이어지는 질곡의 시간을 넘어
흘러서 가라 하네

용대리 바윗길 수십 리 지나
인적은 또 그렇게 쌓여 가는 걸
뉘라 부르리
기어코 살자고 한다

가는 길 묻지 말아라
가도 가도 끝이 없는 길
산정을 하나 넘으면
다시 잇는 산맥들
휘영청 늘어진 허리로는
갈 수 없어도
이제 숨죽여 살라 하네

미시령 타고 오는
북풍 높새바람은

눈발을 세차게 몰고와
용대리 황태 덕장을 에워싸느니

그는 내린천을 벗삼아
밭을 가는 차라리 강이라 하네
돌이라 하네

강바닥 별빛만큼 투명한 꿈을 헤이며
내린천은 그저
아픈 가슴만으로 흐르라 하네

그래, 아침 이슬에 젖은 눈꽃의 나라에
욕심을 묻고 사는 게지
용기를 내어 쓸어 담을 수만 있다면
흐르는 강물에 여울지는
그대 그림자 되어
살아야 하는 게지

청호동

청초호 새 떼는 저만치 두고
그대 향해 갯배가 와요
이어차 어기영차 되돌아가는
길은 멀고요
어느새 북녘 하늘
이만치 오네요
교동 언덕배기 함경인 비문은
비바람에 오늘도 저리 파여 가고
아주 먼 기다림에 지쳐 우는데
아바이 어디메쯤 오고 있을까
순이야 민이야
떠나야 할 자리가 있다는 건
얼마나 신명나는 일이냐

누군가 이 줄을 잡고 바다 건너면
또 누군가 오게 되는 것을
간절한 바램으로도 갈 수 없으니
설악의 어니네쯤 그대 꿈을 묻고서
가야만 하는 것을

목도(沐島)

어디메쯤 그대 얼굴
잠겨 있을까
흐르는 강물에 심장을 묻고
그리고 싶었을까
다시 물어도 대답 없는
그래서 마른 강에
너의 눈물 넘쳐흘러도
갈증은 끊임없이 계속되는 것
사랑하고 싶었을까
다시 차 오르며 오고 있을까
새벽녘 안개 자욱한 수면 위로
손을 흔들며 오는 그대
그러나 아침이면 안개 걷히고
오랜 기다림 있는데
상심을 안고
절며 절며 어디로 가는가
강으로 흐르다 이내 바다로 가서
섬이 되었다네

경춘선

밤 늦고 흐릿할 때
기차를 타자
가야 할 목적지를 예정하지 않아도
마냥 떠나야 할 때

누가 먼저 말하지 않아도
떠나야 할 대상이 있음은
얼마나 행복한가
너를 위해
무엇을 해야 한다던가
무엇이든 할 수 있다는
가정은 묻어 두자

홀로 떠날 수 있음은
누군가를 만날 수 있음을
예정하기에

강촌역에서

그가 그곳에 있다
야간 열차를 타고
상심은 저 너머 그렇게
떠나고 있음에

언제나 기다리면
행여 만날 수 있으려나
아, 이별은
다시 오지 않아야 할 것을
그가 거기에 있다

가슴이
얇은 사람끼리
차 한 잔을 하자며
배려하여도
그저 슬픈 눈웃음

눈 내리는 저녁 무렵
그가 떠나고 있다

음악이 흐르네, 그러면 그대 위해

오늘, 당신의 집에 올 수 있었음은
그대 그곳에 있기에 왔습니다

너무나 그립기에 마침내
이곳에 왔고
그리움으로 눈물이 나는 것을

밤하늘 눈꽃이 피는 나라를
당신은 본 적이 있나요
그래서 잊을 수 없을 만큼
그리울 때는
가슴에 얼굴을 묻고
잊을 수 없을 만큼
잊을 수 없을 만큼

4부 | 광야를 건너면

광야를 건너면 · 1

그대 광야로 가면
시름 어린 가슴은 어디냐
가슴 가슴을 어이 두고 꿈꾸듯 그리 가시는지
에헤라 좋을씨고
얼키설키 드넓은 나라엔
꽃댕기 이어 가시네

님이여 어디에 있습니까, 사십여 일
맨발로 건너며
피를 흘리던 여인
우울한 산조가 흐르고
가벼운 눈웃음으로 인사를 했네
이후 두터운 장벽을 넘고 넘어
우리의 전장은 가까이 있었지
그리고 태백의 건너쯤 어디
황산 들녘 디디며
계백을 꿈꾸었네

에헤라 좋을씨고 드넓은 광야로 가자
풀잎 댕기 목에다 걸고 맨발로 가자

지금, 우리의 텅텅 비인 저 들녘 어디
꿈꾸는 민족은 바로 여기에 있다.

걷는다
무너져 내리는 사람들
아침으로 오랜 아침으로
빚어내린 광야의 꿈을 어이
쉬이 두고 갈거나

가까이에 소중한 벗이 있어
두터운 밤을 뜬눈으로 새웠네.
때때로 강 건너 타다 남은
안나의 꿈을 꾸었지

한번은 찾아가야 한다
어린 시절 호롱불 밑
홍조 띤 미소와 다정한 기도를
잊어선 안 되지

그래, 들녘 가장에 초막을 짓고

뒷켠 두어 마당 밭을 일궈
채소를 심세나

가슴
가슴을 무디어 내리는
소중한 친구 가까이 있어
진실로 아픔을 다독여 주노니
아무런 준비도 없이 어느 날
찾아와 감싸네

바람이 불어야 한다

때늦은 마음에 거친 편견으로
무엇을 할 수 있으려나

아침이 되기 전
몇 마디의 언어와
몇 가지 명분으로
길을 걸었지

들녘을 지나
단단한 바위와 같이
그렇게 홀로 설 수는 없는 것

아픔의 시대를 건너가는 사내여
순결한 수의를 입고
맨발로 가는
여기 태백인가 황산벌인가

광야를 건너면 · 2

한반도여 동터 오려므나
깨어 있을 자유의 하이얀 옷깃으로
오는 반도여

그날은 눈이 내렸다
한가로이 찻잔을 물린 후
밖을 보았지
창 너머 우수처럼 떨어지는
절망의 모습으로
지친 허릴 부여잡고
오는
아픔이었네

들녘을 지나 얼어붙은 강에
어화둥둥 지화자
몸과 몸으로 삶을 에이는
격동의 사람들
이윽고 자유를 사랑하는
사람으로 남아 있으리

이 밤 다 네게 주었으면
이 밤을 네게 다 주었으면
살겠네

그러나
이 밤 가기 전
두려워해야 할 몇 가지 증언이 있습니다
들녘마다 생명의 튼튼한 꿈을 묻기에
가까이 다가오고 있습니다

어허
목젖 움켜쥐어도 빛나는 눈
조금씩 잃으려므나
그리하여 기필코 온 밤을
주어야겠다

몇 가지 당부를 하여야겠다
반란에 대하여
험준한 산맥을 오를 때와
피 끓는 심장을

진정시켜야 할 자유에 대해

그러나 이 밤 가기 전
증언이 있어야 합니다
이제 우리의 잘못을 시인해야 할
시기가 왔음을
당신은 알고 있나요
두려움은 언제나 심장에 있나니
가벼운 흥분일랑
툴툴 털어 버립시다.

마침내
진실은 마음에 있고
눈빛에 머물기에
지금이야말로
분명한 증언입니다

광야를 건너면 · 3

밤이 소리 없이 내리는
숲 속의 빈터에 앉아
하루도 빠짐 없이
목숨을 잃는 것을
무엇으로 갈 수 있습니까

어허 님이 오시는지
어허 님이 오시는지
총성이 빗발친
금남로 지나
도로를 건너
톨게이트 바로 돌아
쓰러지던 그대
그 곳으로 오시는지

겨우내 지친 형제여
거친 산맥으로 가자
시름 지친 토지일랑 묻어 두고
황사빛 광야로 가자

강마다 한 묶음씩
전설이 살아나는
오랜 여인의 눈물 속으로
잉태해낸 소중한 아들아
목놓아
목놓아 소리치는가,
아아 그러나
말하지 않는다

단정히, 아주 단정히
한 음성씩 민족의 이름을 부르며
달려가는 여인이여
어디 있는가
가슴 가슴 생채기 묻으러 떠난,
오오 하얀 십자가 — 그 이후
안나의 노래를 내리던
안타까운 사내여

어이야, 무엇으로
보낼 거나

서러운 날을

님은 오시는지
님은 오시는지

남도의 바다 건너
쉼없이 달려가는
여인 있었네
아아, 님이 오시는지

광야를 건너면 · 4

새벽으로 들리어 오는
목소리 있거든
귀를 세워 보자
창살 안으로 예리하게
삭이어 드는 자유의 새벽으로
이 가슴을 진정케 할
사람이 있어
밤마다 죽음처럼 다가오는
좌절의 시간을 두고
무엇으로 갈 수 있으려나

창마다 두터운 옷을 입고
부드럽게 설레이는 사람
끝이 없는 나라로
고난을 넘어서 가자
온전한 이유도 없이
절명하는 우리의 자유

찾아야 하네
피 맺힌 설움 어이 두고

갈 수 있으려나
슬픔은 언덕에 묻고
황토의 들녘을 지나
걸어 가세나

우리의 새벽마저 아파 우노니
바람이 황량히 부는
쓸쓸한 이곳은 어딘가
깨어 일어나면
창살 너머 수봉이 보이고
창 밖 겨울 비둘기
바라보았네
몇 사람은 떠나고
또 몇 사람은 남아
잠들고 있었지

행여 기다리면
만날 수 있으려나

그 해 여름 바닷가

다정한 눈빛을
서러워 울었네
설움에 울어 예이네

병든 두 발 딛고 디뎌
걸어가리라
오른편 가슴엔
푸른 수번을 달고
황사가 날리는
벌판으로 가는 너는
쓰러지지 않느냐

아아, 새벽마다
그대로부터 절망해야 할
우리는 어디로 갑니까
저 멀리 겨울의
차가운 황산 벌판

광야를 건너면 · 5

떠돌이라네
떠돌이라네
이별의 아픔마저
설움에 지쳐 우노니
떠돌이라네

줄곧 힘을 내어 달리어 가도
그는 이별의 노래를 부르네
적막의 소리 없는
날개를 달고 멀어져 가는
아아, 사람을 본 적이 있나요

어떻게 가야 합니까
저 먼 겨울 들판을
멀고 먼 광야의 나라를
그대에게 묻고 있습니다

가야 한다
일어나라 투사여
기필코 일어나거라

아픔과 설움은 예 두고
일어나거라
거칠 것이 없어라
고난은 우리의
숙명이려니
발바닥에 피가 나고
두 다리 부서지거든
기어서 가자
그리하여 두 손마저 부서졌구나
오오 투사여
산정 너머 깃발을 꽂으려무나

자유를 찾아 사랑을 찾아
어서 가자꾸나

광야를 건너면 · 6

맨발로 여기 나섰느니
깃발 없이 가자
저기 저 먼 황토의 길을
걸어 가세나
슬픔은 부둥켜 가슴에 지쳐 흐르니
친구여
소중한 친구여
가기로 하자

들판은 차디찬 안개로
어두워졌다
어차피 가야 할 길이라면
맨발로 가자

펄럭이는 깃발을
찾으려 해도
흔적도 없이
사라져 버린
우리의 투사야

목메어 부르는 소리 있어
산이면 산
강이면 강
푸른 수번을 달고 가자

광야를 건너면 · 7

들판을 잃은
인간의 신은 죽음을 고했습니다
헐벗고 굶주리는 사람들
그들은 어디로 갑니까

어디를 가더라도
찾을 수 없는 신이여
술잔 속에
하나님이 보입니다

이제 그들 품 안에
신이 떠납니다

내던지라고 말하더이다
당신의 말씀을
노래를
외치라고 말합니다
그대의 위선과 거짓됨을
공존하는 이 세상에서
무엇을 찾을 수 있습니까

그러나
가슴에 흔들리는 그대 있어
흔들리지 않게 바라보는데
술병 속에
하나님이 보입니다

그래도 하나는 남아 있는 것
그리하여 간절한 바램으로 남아 있으면
언제라도
돌아올 수 있습니까

광야를 건너면 · 8

이제는 떠나야 한다
가슴에 저려 오는
목마름의 시간이 찾아올 때까지
있어선 안 될 일
북망으로 떠나는 사람들아
기꺼이 멈추어 다오

역사의 증인을 세워 다오
반란의 역사를
모반의 역사를
혁명의 역사를
증언하게 해 다오

백제의 병사여
그대 거기 섰느냐
검은 두루마기를 입혀 다오
유년의 들판을 떠도는 내게
철장을 쳐 다오
뒤틀며 뒤틀며 가게 하오
거칠게 날아가는 멸망의 새

새의 이름으로는
다시 일어나지 못할
우리들의 나라

광야를 건너면 · 9

산 자여 지평을 노래하라.

저 건너 건너
필사의 들녘은
꿈꾸어 오는
자유의 나라
아름다운 사람이여
격정과 아픔의 시련을 안고
어디 가는가
황제여
시대의 이편에서 저편으로
바람을 안고 가는
너 황제여

산 자여 슬픔을 찬미하라

시간이 흐를수록 건너편 외딴집에
아픈 가슴을 안고 가는 황제여
사랑하게 하라

채 미명이 가기도 전에
소복을 입고
맨발로 어디 가느냐 황세여

창백한 얼굴은 무언가
강건너 칠산 십자가 무덤에
사랑하는 네가 있어
오늘도 정결한 기도는
끊이지 않는다 안나여

산 자여 황제를 사랑하게 하라

멀고 먼 투쟁의 전장에서
싸우고 또 싸웠느니
슬픈 삶만큼 사랑하게 하라

그대의 노래는
혀끝에 비명으로 떨어지고
꿈꾸듯 잘려 나간 십자의 비목

이제 백제의 병사는 말을 달리고
종전을 맞이했느니

황제여
보이는가 두 해 전
여름 바닷가 짜디짠 내음을
그때 알아야 했다
지혜롭지 못한 어리석은 청춘이여

시간이 지나 잃게 됨을
말하고 있다

조용한 너의 미소를
만나고 싶다.
이렇게 한가로운 휴일 오후면
너를 부르고 싶다.
어디를 가더라도 찾을 수 없는
황제여
너를 찾고 있다

언제 느껴도 좋을 너의 미소
가슴이 탄다 황제여
찾아 왔어야 했다
너무 아파서 기다리는 나를
찾아야 했다
너는 내게 와서 경련을 일으킨다
너는 내게 와서 반란을 가르친다
전쟁을
시련을
역사를
자유를 가르친다

광야를 건너면 · 10

기다리고 있습니다
오랜 시간을 두고
길을 돌아
산중턱 피어나는 봄의 꽃들을
본 적이 있나요

온유한 심장 속 겹게 이지러진
유혹의 산비탈을 걷고 있는지요
그 날은 참으로
슬픈 조곡이 흐르는 밤이었습니다
고독이 사무쳐서 밤이 되었던
그 밤은 잊을 수 있겠는가
황제여
비명마저 떨어져
처절하게 울고 있는
너 황제여
기다려 다오
네게 보내야 할 격정의 그날을
기다려 다오

광야를 건너면 · 11

푸르게 피어나는
봄의 제전을 봅니다
그 사이로 사람들의 음성이
지나갑니다
아, 시간이 흐르면 목메어 부르는
너를 만날 수 있으려나
긴 방황의 터널을 지나
시오리길 월가강 가에 서면
황혼이 밀리어 오네

풀빛 같은 바다를 바라보았네
한 치도 채 안 된 건너 섬 하나
포말로 부서지는 황모리
바다를 건너고 있었네
자유의 사상을 싣고 떠나는 배야
뱃노래를 부르자
어허야 디야 상사디야
에허라 데야
산천만고 물 건너 너 오고 나 오니
어허라 디야

황제여 배를 저어 가라
세상을 지나 바다를 가로질러
배 저어 가세
자유를 찾아 사랑을 찾아
배 저어 간다
악귀여 부서져라
얼싸안고 수월래 수월래
당기당창 수월래 수월래

광야를 건너면 · 12

시간이 흐르면 흐를수록
절망한다 황제여
죽음으로 맞서는 사람들은
무엇을 생각하는 것일까
격정, 격정이다
너무도 밝게 빛나는 그대 눈동자
바라보고 싶다, 친구여
일으켜 다오
죽음에서 일으켜 다오
절망과 좌절의 아귀다툼이
오늘도 계속된다
아, 비명은
무참히 떨어진다 혀 끝에 굴절되어
죽어가는 너 황제여
오늘 네게 이 말을 전한다
죽음이 와도
죽음이 와도
다시 일어나야 한다는 것을

광야를 건너면 · 13

권태의 날이 밝았다
이러한 폐허 안으로
예리하게 찾아드는 너
빛나는 눈이 생각난다
다정한 습관이 생각난다
진실한 손길이 느껴진다
시시각각 다가오는
휴일 오후면 너를 찾기 위해
절명한다

만나면 무엇을 할까
예정할 수 없는
만남은 기대하지 않아도
너무 높이 있는 그대
무엇을 바랄 수 있는지

이렇게 조용한 휴일이면
너를 부르고 싶다
한번이라도 그대 손
잡을 수만 있다면

살겠네
그래 편지를 보내야겠다
참으로 다정한 편지를

그대 광야를 가는데
황제여 어디 있는가
적막의 소리 없는 날개로
어디 가는가 황제여
네게 빨간 장미 한 송이
보냈으면 하련만
무참히 떨어진다
폐허의 나라

광야를 건너면 · 14

오늘은 산맥의 중심부에
쓰라린 두 발로 서 있습니다
어디선가 음악이 흐릅니다
산조인 듯합니다

황제여 바람이 불고 있습니다
살을 에이는 시련의 고통을
황제여 어찌합니까

두려운 자유를 갖고 있습니다
구속되어야만 자유로운 것을
황제여 아시는지

이제 남은 시간은
출정을 위한 준비를 하겠습니다
그리하여 시간이 흐를수록
폐전의 앞에 서성이는 너
투사여 힘을 내다오
산맥의 끝이 저기 있지 않느냐

광야를 건너면 · 15

구음살풀이야
가파른 산을 오르자
어히 오르는 자에게
용기가 있으니
이때인가, 지천으로 절망하는
사람들의 표정 보았었다네
사람이 사는 곳이
아주 멀리 있어
어디로 갈 수 있을 거나
여기저기 지천으로 쓰러지던
그들의 함성 간데 없고

눈빛은 말하지 않는다
다만 힘 있게 살아 남아
너를 향해 일어나고 있음을

광야를 건너면 · 16

항구를 떠나 바다를 가로질러
윤선도가 살았다는
부용정
끝없이 펼쳐지는 다시 바다
오랜 세월 스러진 흔적

되살아나는 역사의 수레바퀴는
그렇게 유랑하고 있는가
정자를 짓기 위해 부역으로
수 많은 사람들이 수탈된 것을

하나둘 떠나는 사람들 사이
움츠려 서럽게 울고 있는
섬 하나

광야를 건너면 · 17

누구를 만나도 풀리지 않는
절망감은 무언가
돌이키려 해도 폐허일 수밖에 없는 것
아아, 사람을 두고
어디로 가야 하는가 황제여
그러나 가야 하는 길

한 사람 가고 또 한 사람은
기다려 주지 않는데
어디로 떠나야 하나
오늘은 이렇게 내일은 저렇게
잡초처럼 사는 것인데
어디 있는가 황제여

광야를 건너면 · 18

지평을 나서면 회색빛 얼굴을
드러내 놓고
투명한 이야기를 해대는
도시 사람들의 충혈된 하루 일상이
무참히 죽어 간다 황제여

어느 날 도시를 따라 공원에 간 적이 있다
그리고 환호하는 사람들의
열정을 보았지

몇 사람의 정치인을 보았다네

정치인이여 그렇지 아니한가
— 시인이라 부르기엔 어줍잖은 국회의원에게
— 신문을 펼쳐 보고 있는 의원에게
그를 작가라고 누가 볼 것인가 친구여
정치인이여 들리지 아니한가
핏박과 좌절의 소리를
한번쯤 생각해 보세

만인을 위해 일어선
여성백인회관에서
아현동 작가회의 사무실에서 말이네

그대가 결코 우리를 위해
십자가를 질 수 있어야만 한다는 것을
말하고 싶을 뿐이네
정치인이여

말해 보게나
너의 정열과 과정을
무엇을 위해 싸워야 한다는 말은
접어 두세 황제여

광야를 건너면 · 19

추적추적 비가 내리는
하향길은 멀다
밤새 꼬리를 물고 달리는 차들 속에
갇혀 있는 사람의 군상

새벽 세 시
부끄러운 흔적이 어지럽혀진
길을 따라
아무 의미도 없이 떠나는 사람들
그것은 무엇일까
대지를 지나 산맥을 넘으면
월가강 칠산 언덕 위 십자가 무덤엔
안나
단 한 사람이 잠 들고 있네

바라만 보아도 행복한 사람이
안개 속으로 사라져 간다
황제여 붙잡아 다오

처절한 투쟁의 방법을
알리어 다오
침묵의 무기를 들고
여기 섰느니
쓰러져도 다시 일어서는 모습을
기억하라

친구여
우리가 전장에 나가 싸웠듯이
세상으로 나서자
그리하여 맨발로 나서지 않겠는가

광야를 건너면 · 20
— 불멸의 연대

산맥 사이 어디 태백의 건너쯤 어디
깃발을 날렸더구나 아아, 그리하여
내 청춘 청산에 묻어도
그대는 잊지 못할 기억이여, 기억의
들녘 너머 곳곳이 서 있었구나
태양의 빛발은 동해의 준령을 넘어
역사의 지평을 그렸더구나

밤마다 일어서는 용감한 함성으로
기필코 꺾여서는 안 될 진실의 몸짓으로
쓰러져도 다시 일어서는 황산의 혼으로
그대는 수 없는 말의 행진을 벌였더구나

아! 태백의 준령에 살아 천년 죽어 천년 주목이 있고
한계령 그리고 설악의 자락에
그대 꿈이 일어서는, 결코 좌절하지 말아야 할
역사가 있어
보아라, 동해의 빛을 받아 일어서는
그대의 나라를

해가 지면 태양은 다시 떠오르고
목마른 갈증의 깊이만큼 채워지느니,
백령의 바닷길 건너면 일직선으로
배열되는 민중의 숨소리
삼별초 함성이 강화와 진도를 흔들고
송도 왕건의 함성은
만주로 향하는데
그대여 일어서야 하지 않겠는가
아침이면 시작의 북소리
한반도를 울리나니 반도의 주인으로
일어서도다

시작되어야 할 희망이 이곳에 있고
가야 할 희망이 길이 바로 저기에 있는데
언덕을 오르다 보면 벌판이 오고
벌판 지나면 산이 있는 것을
무엇을 위하여 오른다고 묻지 말라
산이 그곳에 있기에 오른다고
대답하여라
청춘아

고삐를 죄는 만큼 말은 달리고
참는 시간만큼 희망은 커지네

시대의 산에 올라 증오와 부정의 가면을 정복해 보게
삶의 최선이 있기에 연대는 계속되고
진실의 깊이로 말미암아 세기말은 더욱 빛나리라
이제 희망의 지평이 열리는 시작으로
희망의 새가 날았도다, 장막을 거두어라

파랑초의 그리움

방민호
(문학평론가 · 국민대 교수)

1.

채정은 시집의 제목이 된 파랑초는 일종의 암초다. 시인은 이것이 이어도를 가리키며 그 자신의 그리움이 그곳에 잠겨 있다고 했다. 그러나 파랑초는 이어도와 같이 바닷속에 잠겨 있는 섬을 가리키는 일반적인 말이기도 하다.

바다 수면보다 낮아서 육안으로 보이지 않지만 바람이 불면 파도가 치는 모양으로 미루어 짐작할 수 있는 것이 바로 파랑초다. 눈으로 보이지는 않지만 분명 거기 있는 것, 그것이 있기에 그리움을 접어두고 살아갈 수는 없는 대상, 이것이 파랑초일 것이다.

반대로 파랑초의 입장에서 생각해 볼 수도 있다. 바다 수면 아래 붙박이 되어 살아가면서 물 위의 세상, 바닷가 너머

땅과 사람의 세상을 꿈으로밖에 볼 수 없는 파랑초는 운명처럼 그리움을 짊어지고 살아가야 할 존재라고 할 것이다.

표제작인 된「파랑초」는 파랑초의 낱말 뜻을 알고 나서야 시인이 삶에 대해 어떤 태도를 가진 사람인가를 알 수 있게 해 주는 시, 의미가 보일 듯 말 듯한 은근한 시편이다. 여기서 시인은 "어둠을 밝혀내는 / 그리움이 설사 어둠으로 돌아간 대도 / 내 그리운 이름 / 불러볼 수 있을까"라고 했다. 누가 누구를 부른다는 것일까. 나는 이것을 파랑초의 부름이라고 보고 싶다. 왜냐하면 파랑초는 늘상 어둠 속에서밖에는 살아갈 수 없고 그 어둠은 오로지 그리움으로밖에는 밝혀낼 수 없기 때문이다.

이 파랑초는 아마도 시인 자신을 암시하는 것인지도 모르겠다. 아마도 그럴 것이라고 생각한다. 그 다음에 오는 싯구가 시인의 정황을 암시하고 있는 것으로 보아 그렇게 볼 수 있다는 확신이 든다. "어두움 걷혀내는 / 빗줄기 있어 / 그 소리 가슴에 맺히고 / 문득 담 너머 / 들려오는 노래소리 / 바람이 되어 / 오고 있을 때"라는 싯구의 주체는 시인 자신이면서 곧 파랑초다. 그냥 파랑초라면 그에게 실제 그대로의 "담"이란 있을 수 없다. "담"이 은유라면 그것은 파랑초로 하여금 어둠에 잠겨 있을 수밖에 없도록 하는 수면과의 거리 그것일 것이다.

만약 파랑초를 곧 시인이라고 환치해 보면 이번에는 "담"은 실제적인 사물이 된다. 시인은 무슨 일인가로 바깥출입을 하지 못하고 어둠에 갇힌 삶을 살아간다. 여기서 그 이유가 무엇인가는 일단 생각하지 않기로 한다. 그는 방안에 갇혀 비가 오는 소리를 듣는다. "빗소리"는 어둠에 갇혀 있는 그를 일깨운다. 첫눈이 오면 그 첫눈의 차가움으로 일상에 찌든 정신을 놀라게 하고 비가 오면 그 비의 감촉으로 살아 있다는 실감을 느끼는 것이 바로 사람이다. "빗소리"를 들으며 시인은 자기가 살아 있음을 느낀다. "빗소리"가 그의 가슴에 떨어져 맺힌다. 새로운 삶을 살아야 하리라는 마음의 전환이 일어난다. 그럴 때 문득 "담" 너머에서 어떤 "노랫소리"가 들린다. 노래는 꿈이고 희망이다. "노랫소리"를 들으며 시인은 새로운 생의 예감을 느낀다. "바람"은 김수영 이래 새로운 생을 예감케 하고 그것을 날라다 주는 운반자다. 방안에 갇혀 있으되 "바람"을 느끼는 시인. 새로운 생을 살아가야 하리라고 생각해 보는 시인.

그러나 시인은 아직 망설이고 있다. 과연 나는 새로운 삶을 살아갈 수 있을까. "어둠을 밝혀내는 / 그리움이 설사 어둠으로 돌아간대도 / 내 그리운 이름 / 불러볼 수 있을까". 이것은 절망과 패배를 맛본 사람의 마음이다. 다시 또 누군가를 사랑할 수 있을까 하는 독백은 사랑에서 지독한 아픔을 맛본 사람만이 이야기할 수 있는 것이다. 새로운 생의 예감은 예감일 뿐, 2연을 보면 "갯들 너머" "숨소리"가 들려오지는 않는다. 다시 시인을 파랑초로 환치해 보면 수면 아래 어둠 속에 갇혀 있는 파랑초는 멀리서 밀려오는 "바람"을 통해 새로운 희망을 예감하지만 그것은 다만 예감일 뿐 그것의 존재를 명확하게 드러낼 "숨소리"는 아직 들리지 않는다. "그대"

는 아직 몸을 뒤척이고 있을 뿐이다. 아직 분명한 실체를 드러내지 않는 예감 앞에서 파랑초는 두려워한다. 그것을 "건드리면 눈물이 되지 않을까". 새로운 한숨과 슬픔으로 모든 것이 부스러지지 않을까. 그렇게 하고도 나는 "노래로 남아" "그대"를 불러볼 수 있을까.

희망을 잃어버렸던 사람의 이 두려운 새 꿈, 새 꿈 앞에서의 망설임과 주저, 시집 『파랑초』는 희망을 잃어버린 사람이 새로운 희망 품음을 두려워하면서 희망의 기적을 찾아 더듬고 방황하고 그리워하는 이야기다. 시집 I부는 바로 그러한 시인의 마음의 아픔을 표현하고 있다. 「수선화」, 「그리운 곳에 사람이 있다」, 「지젤을 위하여」, 「굴레」, 「편지」 같은 아름다운 시편에서 이처럼 마음의 그리움을 앓는 화자의 마음을 들여다 볼 수 있다. 망설이고 주저하면서도 다가서는, 다가설 수밖에 없는 시인의 마음이 여기에 있다.

2.

시집 『파랑초』의 II부를 이루는 시편들은 I부에서 살펴본 시적 화자가 그리움을 안고 그리운 존재를 찾아 헤매는 이야기들로 이루어져 있다고 할 수 있다. 여기에 이르면 독자들은 「그 섬에 눕다」, 「비」, 「수품리」, 「추자도」, 「봉화산」, 「시인 석가정」 같은 아름다운 시편들을 만날 수 있다. 여기서는 이 가운데 「비」를 중심으로 시편들의 의미를 살펴볼 수 있지 않을까 한다.

오늘같이 비가 오는 날
도시의 가로 속 그가 걸어도 사람은 보이지 않는다
늘상 그렇듯이
그곳은 언제나 붐비고, 그들은 각자의 목표를 향해 가도
오늘은 여느 때 같지 않다

바닷가 한켠
보일 듯 말 듯
파도 위를 나는 새떼들.
잠시 들여다보면 나름대로 그들만의
바쁜 일상이 숨쉬고 있듯
말하지 않아도
그가 있음을 느낄 수 있다

바라보면,
길은 저만치 있고
사람들은 손에 닿을 만큼 가까이 있어도
그를 만나는 건 쉽지 않다

채정은 시인은 보이지 않는 기척을 감지하고 그것을 시적
형상으로 이끌어내는 힘을 갖고 있는 듯하다. Ⅰ부의 시「파
랑초」에서 그리움의 대상으로 나타났던 대상이 여기서는
"그"라는 이름으로 등장하고 있다고 해석해 볼 수노 있을 것
이다. 그런데 "그"는 이 시편에서도 형체를 투명하게 보여주

지 않는다. "비"가 오는 날 시인은 도시의 거리를 걸으며 "그"의 존재를 느낀다. 그러나 시인은 "…그는 걸어도 사람은 보이지 않는다"고 했다. 도시의 거리는 언제나처럼 "붐비고" "각자의 목표를 향해" 바쁜 사람들로 넘쳐나는 것 같다.

그런 거리를 걸으면서 시인은 "오늘은 여느 때 같지 않다"고 생각한다. "비"가 내리고 있기 때문인지도 모른다. "비" 속에서 "그"의 존재를 느끼고 있기 때문인지도 모른다. 2연에 들어가 시인은 "말하지 않아도 / 그가 있음을 느낄 수 있다"고 했다. 그러나 3연에 들어가면 다시 "그를 만나는 건 쉽지 않다". 시인은 분명히 "그"가 있고 그가 걸어가고 있음을 느낄 수 있다. 그러나 사람들은 "그"의 존재를 모르고 그렇기 때문에 정작 그를 만나는 것은 쉽지 않다. 그렇다면 그런 "그"란 누구인가. 이렇게 분명히 존재하건만 손에 잡히지 않는, 저만치 떨어져 있는 존재는 누구인가.

『파랑초』의 Ⅱ부는 이 "그"의 존재를 찾아 길을 떠난 사람의 이야기를 여러 곳에서 담고 있다. 그리고 이 시편들은 이 시집에서 가장 아름다운 것들이기도 하다. 열거했던 시편들 가운데서 특히 「그 섬에 눕다」는 절편이라고 해도 과장은 아니다.

여기서 시인은 남도의 한 끝을 지나 한 섬에 가 있다. 시에 "우수영"이라는 말이 나오는 것으로 보아 아마도 시인은 전라남도 해남의 땅끝 마을을 지나가서 있는 어느 섬으로 갔을 것이다. 또한 여러 정황으로 볼 때 이 시편은 고향 언저리 어느 섬을 찾아갔던 이야기라고 볼 수 있을 것 같다. 여기서 시인은 다음과 같이 노래한다.

"만남이 이별인 것을 / 알 때까지 살지 못했다 // 죽음이 곧 삶이라는 것을 / 알 때까지 사랑하지 못했다" 이렇게 시인의 마음은 아직까지 뜨겁다. 그 뜨거운 마음 때문에 그는 "먼 길"을 떠나와야 했다. 떠나와서 다시 시작되는 먼 길을 또 다시 떠나야 했다. 그리하여 그는 "안나의 고향"에 이르렀다. 이 "안나"란 누구일까. 시인의 사랑의 대상일까. 아니면 시인의 어릴 적 친구일까. 아니면 그가 만났던 아픈 사연을 가진 여인일까. 혹시 동지였던 것일까. 아무튼 그녀는 지금 잠들어 "월가리 저수지 산언덕"에 누워 있다. 그렇다면 시인은 "안나의 고향"에 갔던 듯하다.

이 "안나의 고향"을 시인은 "그리운 사람들이 사는 나라 / 내 나라는 그리움만을 / 잉태하고 있다"고 노래한다. 그리고 그 다음 연에서는 "지금은 갈 수 없는 나라를 돌아 / 그리운 나라에 가면 / 떠난 사람은 오지 않고 / 누군가 지쳐 쓰러져도 / 사람이 있는 내 그리운 나라"라고 노래한다. 이러한 싯구들은 "안나"라는, 누구라고 특정할 수 없는, 어느 여인의 아픈 삶을 상기시키면서 그와 함께 시인 자신의 고통스러운 마음을 드러낸다. 이렇게 길을 떠났다 다시 돌아서는 마음의 여정을 통해 시인은 그 자신의 마음속에 웅크리고 있는 그리움을 달래고 다시 또 그리움을 키우는 작업을 계속하는 것이다.

3.

이러한 시인의 방랑과도 같은 행로가 하나의 시상을 얻은
곳이 바로 시집의 Ⅲ부, '한계령'의 章이다. 한계령은 영서에
서 영동으로 넘어가는 길목이다. 하늘 끝까지 닿은 벼랑과 물
에 가둥은 골짜기가 사람의 그리움의 깊이를 시험하는 곳이
다. 세상을 떠나 고통과 체념 속에서 산과 바다를 떠돌려 하
는 사람들에게 오지 말라고 내려 가라고 하는 것이 한계령이
다. 그러나 시인의 마음은 충족될 길 없는 그리움을 품고 한
계령과 오세암으로, 남대천과 내린천으로, 청호동으로 목도
(沐島)로 발걸음을 내디딘다. 이곳은 이 시집의 Ⅱ부에 나타
나는 지명들과는 달리 고향과도 멀리 떨어져 있는 곳으로, 깊
은 산중, 키 큰 고개를 넘어야 비로소 갈 수 있는 험준한 곳이
건만 그리움이 천형이 된 시인은 바로 그 그리움 때문에 길을
가지 않을 수 없다.

시집 『파랑초』 전체가 몽환적인 그리움의 분위기에 감싸여
있지만 Ⅲ부에 이르러서 시인의 그리움은 한층 열도가 높아
진다. 그리고 그 그리움의 끝에 「목도」와 같은 시편이 있다.

어디 메쯤 그대 얼굴
잠겨 있을까
흐르는 강물에 심장을 묻고
그리고 싶었을까
다시 물어도 대답 없는
그래서 마른 강에

너의 눈물 넘쳐흘러도
갈증은 끊임없이 계속되는 것
사랑하고 싶었을까
다시 차오르며 오고 있을까
새벽녘 안개 자욱한 수면 위로
손을 흔들며 오는 그대
그러나 아침이면 안개 걷히고
오랜 기다림 있는데
상심을 안고
절며 절며 어디로 가는가
강으로 흐르다 이내 바다로 가
섬이 되었다네

시인은 여기서 "목도"의 마음 속으로 들어간다. 그것은 「파랑초」에서 보았던 것과 같은 감정 이입이다. 시인은 섬에게 묻는다. 어디쯤에 네가 그리는 "그대"의 얼굴이 잠겨 있느냐. 섬의 모습을 두고 흐르는 강물에 심장을 묻었다고 표현한 것이 인상적이다. 그러나 "그대"는 대답이 없다. 그러나 이것은 시점을 보기에 따라서는 시인의 질문에 섬이 대꾸하지 않는 것을 묘사한 것도 같다.

그러므로 그 다음에 "그래서 마른 강에 / 너의 눈물 넘쳐흘러도 / 갈증은 끊임없이 계속되는 것"이라고 했을 때 그것은 목도의 갈증이자 시인 자신의 갈증이기도 한 것 같다. "다시 차오르며 오고 있을까" 하고 기다릴 때 이 기다림은 시인

자신의 것으로 보이는 것이다. 이러한 기다림에도 「파랑초」에서와 마찬가지로 기다림은 충족되지 못한다. "손을 흔들며 오는" 것처럼 보이던 "그대"는 아침이 오면 어딘가로 사라지고 없다. 이 풀리지 않는 그리움의 갈증을 시인은 섬이 "강으로 흐르다 이내 바다로 가서" 섬이 된 것으로 노래하고 있다.

「청호동」에서도 이처럼 풀길 없는 그리움의 노래는 계속된다. 청호동은 북쪽에 고향 둔 사람들이 많이 사는 동네, 시인은 자기의 그리움을 그네들의 수십 년 그리움에 의탁하고자 한다. 그리하여 1연에서 시인은 "이어차 어기영차 되돌아가는 / 길은 멀고요 / 어느 새 북녘 하늘 / 이만치 오네요"라고 한껏 기대에 들뜬 어조를 시늉해 본다. 그러나 그것은 이룰 길 없는 꿈이다. "신명"을 내보지만 현실은 기대를 충족시켜 주지 않는다. 이 시의 2연은 이룰 수 없는 그리움에 대한 시인의 안타까운 마음을 보여준다. 청호동 사람 누군가 바다를 건너간다면 그리움은 풀릴 수 있으련만 그러나 정작 바다는 건너갈 수가 없다.

설악산, 속초 앞 굽이굽이를 떠돌면서 시인은 모습을 보이지 않는 "그대"를 찾고 지울 수 없는 노래를 부른다. 가로막힌 산과 바다는 응답이 없다. 시인의 마음은 정박을 원하는 떠돌이 배처럼 산과 바다를 찾아 헤매는 것이다.

4.

이 시집의 Ⅳ부, '광야를 건너면'에 이르면 비로소 시인의 감추어진 과거와 상처가 확연한 모습을 드러낸다. 물론 여기

에 이르기까지 시집을 자세히 들여다 본 사람이라면 시인의
상처가 불행했던 과거의 역사에서 비롯된 바 크다는 것을 알
수 있을 것이다. 그러나 그것은 시인의 서정적인 음률 속에
가려져 보일 듯 말 듯한 상태로 몽환적인 분위기에 감싸여 있
었다. 그러나 이 Ⅳ부는 죽음과 고통과 투쟁과 절망으로 얼룩
진 시인의 상처투성이 내면을 격정적인 음률 위에 실어 '다'
보여준다. 이러한「광야를 건너면」연작을 대변하는 시편 가
운데 하나가 바로「광야를 건너면 · 12」다.

깊어도 너는 떠오른다
시간이 흐르면 흐를수록
절망한다 황제여
죽음으로 맞서는 사람들은
무엇을 생각하는 것일까
격정이다, 격정이다
너무도 밝게 빛나는 그대 눈동자
바라보고 싶다, 친구여
일으켜 다오
죽음에서 일으켜 다오
절망과 좌절의 아귀다툼이
오늘도 계속된다
아, 비명은
무참히 떨어진다 혀끝에 굴절되어
죽어가는 너 황제여

오늘 네게 이 말을 전한다
죽음이 와도
죽음이 와도
다시 일어나야 한다는 것을

　이 시편에서 인상적인 것은 바로 "황제"라는 시어다. 황제
는 웅장하고 거대한 것이고 화려한 존재지만 바로 그 때문에
가장 비극적인 존재를 상징할 수도 있다. 극과 극은 통한다고
나 할까. 환희 가운데 가장 화려한 환희는 징기스칸의 환희겠
지만 슬픔 가운데 가장 비참한 슬픔은 나폴레옹의 슬픔인 것
이다. 그러므로 황제는 숭고의 크기만큼이나 비극의 깊이를
말해주는 시어다. 시인은 연작시 중반부쯤부터 이 "황제"라
는 시어를 빈번하게 사용하고 있는데 이것은 시인이 그려내
고자 하는 비극의 크기와 깊이를 그대로 드러내기 위한 것이
라고 할 수 있다. 위에 인용한 시편에서 "황제"는 절망하고
있다, 죽어가고 있다. 이 "황제"의 절망과 고통은 그 무엇에
비교할 수가 없기 때문에 바로 "황제"의 그것이다. 그러나 바
로 그 크기와 깊이 때문에 "황제"는 죽더라도 다시 살아 일어
나야 한다는 역설의 주인공이 된다.
　「광야를 건너면」연작은 일종의 서사적 구성을 시도한 것으
로서 하나의 이야기와 같은 맥락에서 읽어낼 수 있다. 이 장
마지막 시편이 「불멸의 연대」인 것은 그와 같은 구성을 목표
로 삼은 시인의 의도 때문이기도 하다. 시작, 전개, 절정, 패
배, 다짐, 기약 등의 모티프가 단속적으로, 그러나 어떤 지속

성을 갖고 이어지는 이 연작은 광주항쟁을 모티프로 삼은 훌륭한 연작시의 반열에 들어갈 수 있을 것이다.

그리고 이렇게 「광야를 건너면」연작에 이르면 비로소 이 시집을 감싸고 있는 그리움이 무엇을 향한, 무엇을 위한 것인지 더 구체적으로 가늠해 볼 수 있는 있는 가능성이 커진다. 『파랑초』는 지극히 낭만적이고 방랑적인 기질을 갖고 성장한 시인이 아픈 역사의 곡절에 부닥쳐 싸워나가면서 얻은 고통과 절망을 가라앉히고 그런 시련의 과정에서 얻은 그리움, 사랑하는 사람에 대한, 인류적인 이상에 대한 그리움을 절절하게 노래한 시집이다. 시인의 낭만적 기질은 도시에 붙박혀 살아가는 삶을 피해 땅끝으로, 바다로, 섬으로 떠돌게 한다. 이상과 사랑을 향한 그리움은 역사라는 수렁을 건너서 보이지 않는 안개숲을 지나 먼 곳으로 나아간다. "그대"는 쉽게 자태를 보여주지 않는다. 그러나 시인은 나아갈 것이다. 저 보일 듯 말 듯한 그리움 저편에 몸을 감추고 있는 이상의 공간으로.

파랑초

글쓴이 / 채정은
펴낸이 / 孫貞順
펴낸곳 / 모아드림

1판1쇄 / 2003년 9월 17일
서울 서대문구 북아현3동 180-22
전화 / 365-8111~2
팩시밀리 / 365-8110
E-mail / morebook@korea.com
morebook@morebook.co.kr
http://www.morebook.co.kr
등록번호 / 제2-2264호(1996.10.24)

ⓒ채정은
ISBN 89-5664-033-5

* 잘못된 책은 구입하신 서점에서 바꾸어 드립니다.
* 지은이와의 협의하에 인지를 붙이지 않습니다.

값 5,500원